逐梦成孙旅

孙晓云

王建强

笔名问花笑谁，出生于1974年，河北栾城人。以养鹌鹑为业，好诗词，小令宗五代和北宋，绝句主田园。始终坚持我手写我心，不参赛，不唱和，不应制，少用典，用韵有新旧，请甄别读之。作品散见于《诗刊》等，有《问花集》出版。

逐梦成孤旅

王建强诗词百首

王建强——著

江苏凤凰文艺出版社
JIANGSU PHOENIX LITERATURE AND ART PUBLISHING

图书在版编目（CIP）数据

逐梦成孤旅 : 王建强诗词百首 / 王建强著 . -- 南
京 : 江苏凤凰文艺出版社 , 2021.7 （2022.1重印）
ISBN 978-7-5594-5987-9

Ⅰ . ①逐… Ⅱ . ①王… Ⅲ . ①诗集－中国－当代
Ⅳ . ① I227

中国版本图书馆 CIP 数据核字 (2021) 第 100701 号

逐梦成孤旅：王建强诗词百首

王建强 著

责任编辑	唐　婧
责任印制	刘　巍
装帧设计	张先桃
出版发行	江苏凤凰文艺出版社
	南京市中央路 165 号，邮编：210009
网　　址	http://www.jswenyi.com
印　　刷	三河市燕春印务有限公司
开　　本	787 毫米 ×1092 毫米 1/32
印　　张	6
字　　数	105 千字
版　　次	2021 年 7 月第 1 版
印　　次	2022 年 1 月第 2 次印刷
标准书号	978-7-5594-5987-9
定　　价	68.00 元

第二部分：宵深入梦迟

词部

诗部

序

夫地之灵者，必蕴人杰，此自然之理也。赵郡栾城，处乎太行之东，一望平旷，地气氤氲。李唐之初，苏氏味道，崛起其间，以诗名家；衍其支脉，逮至赵宋，有眉州三苏，皆华夏千载之英杰也。而诗道升降，风教兴歇，或以数百年为周期。明清两代，栾城诗家，寂寥无名。蕴育于今，又有兴起，诗家之众，指不胜屈，而建强擅其胜场，蔚然可观。

建强之诗，平实流畅，事涉日常，人皆见其易，吾则见其难。盖诗词以文辞论，皆易也。工巧与朴拙，典重与通俗，以意求之，人咸能之，但手熟耳，而以炫其技，此东坡所谓“见与儿童邻”者也。唯灵性悟性，则甚难稀有，而建强具足之，运用之，如斧斫翼，风过留痕，形为文字，曰真实，曰天工，曰清新，曰传神，曰自然。

诗者，在心为志，发言为诗，情动于中而形于言。此《毛诗序》之箴言也。古今诗词，真为之骨。情事景物，必亲历而后有所作，始是真诗，反之则伪诗。今之篇什，其数以万计，而泰半伪诗，固无疑也。概念辞藻，堆乎其间，诗中无人，岂有情志？建强诗词，篇篇真实，扎根泥土，自庭院、羁旅、街市、病房中悟出，自心底流出，无所矫饰。以不蹈虚空，故其兴发感动，撼人心魄。短信闲翻，见旅途之寂寞；新衣挂梦，写谋生之艰窘；怕盼泪花，言初商之心绪；厨房呼饭，爱人间之烟火；村居廿首，尽农家之况味；侍亲陪妻，感肝肠之寸断。凡此皆合诗之本义，读之可悲可喜，可歌可叹，可玩可味，可爱可恨。

诗必真，而不惟真，须有修辞以立之，否则为流水之账簿，游词繁复，犹老叟絮聒，何足观耶？

故为修辞，则尖巧，所谓勾勒而薄，亦非诗之正道。建强之诗，不苟作，必赤忱与物相接，深思熟虑，推敲再四，始成篇什。若采花之蜂，酿得清蜜，富于天巧，吟之者但觉甘香醇永，沉醉不已。其句之妙者，触目皆是，若“水田如镜白云低”“酒杯斟满橘花香”“枝条新绿薄如纱”“一生可作两生看”“东风剪短石榴裙”“飞絮飞花满一船”等语，浅淡真切，意趣悠远。

建强诗词，清新无匹，纯净而饶新意，鲜颖不落俗套，太白所云“清水出芙蓉”，庶几近之。如“时有黄沙吹满天，时又青青草”，觉北疆风物，破窗而至；“谁把羊群赶上山，赶到白云底”，绘敖汉原野，羊群与白云错杂；“清浅池塘杨柳风，黄绿团团举”，写盐城早春，有扑面温煦之感；“月色已微凉，只身拖影长”，异乡旅食之艰辛，映入眼帘。诗词乃心之声也，其句语之净，源自心地之纯，建强坚持“我手写我心”，绝无名利之想，故其意境，乃能粹如赤子，润若美玉。《减字木兰花》“伊人何在，短信飞传云雾外。扯断柔肠，不顾人前泪两行”，别情真挚，百炼钢而化绕指柔，真能动摇人心，淡语深情，融合无间。《菩萨蛮》“徘徊还复立，往事成追忆。犬吠小村庄，无边白月光”，独自吟味生死，烟花易冷，人事有限，月光无限，意在文字之外。以日常语行文，若肆口而出者，简而脱俗，故曰清新。

诗词之妙，妙在传神，而后始能达意，故东坡《答谢民师书》言曰：“求物之妙，如系风捕影，能使是物了然于心者，盖千万人而不一遇也。而况能使了然于口与手者乎？”建强作诗词，能揣摩景物，得其灵奥，方乃下笔，故篇中传神好句，如珠贝然，临去秋波，一转动人。如《菩萨蛮》“相约楼下见，羞了红红面。一见紧低头，频频抬眼眸”，状女子娇羞，神采如见。《菩萨蛮》“每有会心时，宵深入梦迟”，心有灵犀之感，隽永而细腻。《侍母》“大病初闻肝肺裂，于无人处哭多回”；《陪床琐记》“夫妻夜半相拥哭，说好今生共白头”，亲人病重，为子为夫，其心苦楚，朴直传达，读之令人潸然。《娘》：“娘亲七十三，枯手缝鞋袜。忽罢手中针，怜儿生白发。”细节传神，母子情深，跃然纸上。《诉衷情·送女儿赴美》："多短信，少平邮，慎交游。欲哭还笑，姑娘脸上，父母心头。"殷殷叮嘱，见不舍之状，亲情浓郁。《摆地摊》其三："白水一瓶共面包，晚餐既定省开销。小心掰下丁丁角，唤起街前流浪猫。"怜弱自怜，猫我同病，叹生存之不易。建强诗词，其传神处，不在字句之锤炼，章法之精致，而在生活细节、心理呈现之中，含蕴揭出，故其神髓，不在才学，而在灵性。灵动而不拘泥于文字，传神在气息之中，难能而可贵。

任真自然，不加雕饰，建强诗词惟在兴趣，皆有感而发，自心底流出，故能物我浑化，达自然之境。《卜算子》："老酒三坛喝到无，坐看星星坠。"性情相契，忘乎所以，直道其事，而境界不凡。《卜算子》："小站又登车，逐梦成孤旅。"行商羁旅，逐梦而寂寞，人生慨叹，真情流露。《桂殿秋》："杏花明月一杯酒，短信闲翻到去年。"天涯孤旅，闲翻短信，无可奈何之情态，自然可见。《村居》廿一首，田园之佳什也，梅宛陵所谓"作诗无古今，惟造平淡难"，其平淡隽永，或不远矣。“隔墙知是炊烟起，已惯邻家柴火香”“闲居最爱花生味，米酒随心舀半瓢”“春太匆匆秋已近，蓼花不意丈余高”“碧玉条条摘不尽，梢头又绽小黄花”“最喜爹娘居后院，归来第一报平安”诸句，置诸古人集中，当无愧色也。

建强之诗，多绝句短篇，杂糅唐宋，而非有意为之。其清新自然，情韵浑化，近乎唐音；其取材日常，以意为主，又出自宋调。建强年少不学，高职毕业，辗转谋生，以饲鹑发迹，而痴爱诗词，学问知识，自非所长，唐耶宋耶，懵然不辨，而下笔则暗合其道，奇哉怪哉！建强之词，皆为小令，选调不宽，出入温、韦，以流丽清倩、白描生动为宗，而旁涉五代、北宋诸家。枕边旅次，携龙沐勋《唐宋名家词选》，诵读不辍，昼夜揣摩。养殖家禽者，而常如一苦读书生，奇哉怪哉！盖冥冥中有其因缘，定数如此。

吾与建强，居住于石门，而偶识于羊城，意气相投，遂交为莫逆。五载以来，聚饮招邀，长相视而笑，论道相契，酣畅尽欢。己亥秋冬，建强收掇旧作，自壬辰以迄于今，得三百余首，而自严去取，谓不祸梨枣，删汰不惬，仅余百首，以梓行于世。又厘为三章，一为“逐梦成孤旅”，多旅次之情愫；一为“宵深入梦迟”，记人生之感遇；一为“无边白月光”，抒家居之怀抱。集既成，而问序于予。予愧不才，略叙如右，以为知人论世之资。

己亥阳月十二日

江合友记于萸轩

再读建强诗词有感

建强坚持以我手写我心，诗自心来，已然站在了高处。

言其所选皆呕心沥血之作也并不夸张。人到中年，遍尝百味，历经世事，悟得艰辛，懂得迷蒙时向何处着眼，艰难处向何处立脚，确实不易。更可感喟的是他不装，从不以诗词为能事，而是一以贯之，将诗词作为自我修炼的功夫，不断进行提纯。一边做加法，通过学习古人丰富自己，通过感悟生活剖析自我；一边做减法，通过诗词达到自觉，去除浮躁，回归本真，使自己变得更温和，更谦卑，更悲悯。

可以说，诗词，是我们的宗教。那是和星空一样深邃沉静而又丰富的力量源泉。走进去的越多，得到的也越多。

言为心声，诗以言志。当下诗词在人们眼中看似热闹非凡，然而真正守住底线并努力深入探索的少之又少，确如合友先生所言，如今这网上书中数以万计的篇什，“泰半伪诗。”如果不能真实反映自我，不能触动人心，不能以自己的生命体验予人以启示，或者哪怕一点幽微的美，那还不如不写。由此可知，这世上许多自诩为诗人的人写的诗，其实，跟我们的诗词并不是一回事。

这本诗集距上次那本《问花集》已有数年，“东风剪短石榴裙”已成往事。虽然痴情不改，此次结集中依然有精巧新颖的句子，但更多的已经沉静下来，如“梦里生涯也须记，一生可作两生看”，如“一饼分他忽忆我，异乡雨大小檐低”，等等。心神安稳方可气息平和，这无疑是诗人终须达到的境地。也正因了这份沉着，方才可以更清楚地认识这个世界，倾听自己的心跳。就如从陶诗“欢言酌春酒，摘我园中蔬”到杜诗“夜雨剪春韭，新炊间黄粱”，不变的是生活，变化的是内含的情绪。

现在的诗人或者所谓诗人，其实缺少的是实践。不只是生活的实践，更应是生命的实践。这就需要感悟。如不开悟，其他无从谈起。诗人应该是敏感而多情的，但只是多情并不能够成为一个好诗人，还需要通透，需要破执，不为外物所累，困难时懂得进取，饱和时懂得放下。就如田园之所以令人神往，不是那份闲适，不是那份优裕，而是那种自由的呼吸。

此次结集分为“逐梦成孤旅”“宵深入梦迟”“无边白月光”三部分，一写行旅，一写相思，一写生活。俱难过，俱写得美，写得深入。黄庭坚云：“花气袭人欲破禅，心情其实过中年。春来诗思何所似，八节滩头上水船。”我与建强同庚，这个年纪大约是很难过的，我也有体会。好在，还有诗词。好在，还能逐梦。好在，还可以招呼喝酒。

寇梦碧先生曾有好诗标准八字真言：“情真，意新，词美，律严。”学诗愈久，体会愈深，纵千差有路，这八个字是绕不过去的，也应是学诗之人的自觉追求。有的人从后边几个字开始，掉进故纸堆里出不来，建强是从前边几个字开始，故而渐臻佳境。

念兹在兹，定有所得。诗不能解，诸君细品之也。

己亥冬月初一

王海亮记于阳光大厦

忆戊戌春日同立胜兄造访建强兄府上兼贺诗集付梓

梧桐门巷夕阳斜，庭院春深落枣花。

何必更栽五株柳？酒香飘处是君家。

——江岚

第一部分

逐梦成孤旅

词部

卜算子・过北疆

合却掌中书，放眼风光好。时有黄沙吹满天，时又青青草。

几处大山横，一点苍鹰小。一样征途万里长，一样劳劳鸟。

卜算子·过敖汉访友

偶有北风吹，略带黄沙味。谁把羊群赶上山，赶到白云底。

我为见君来，君我拼一醉。老酒三坛喝到无，坐看星星坠。

卜算子·生日前一日于盐城

几簇菜花明，沥沥江南雨。清浅池塘杨柳风，黄绿团团举。

小站又登车，逐梦成孤旅。过了今宵人四十，明晌何边去。

桂殿秋·赠良医张钧

茫茫夜，绿皮车。聊将灯火作春花。
满城风露增寒重，逐梦天涯共水涯。

桂殿秋

春浅浅，夜深寒。天涯孤旅又无眠。
杏花明月一杯酒，短信闲翻到去年。

菩萨蛮·夜宿天津跑马场

电光一瞬天开处，滚雷碾过千山去。异国正天明，小窗雨未停。

书成翻百味，辗转人难寐。短信不须长，怕儿思故乡。

菩萨蛮·赵州赏梨花遇养蜂人

东风初起开如雪，东风再起偏将歇。偶遇赶花人，花飞落满身。

羡他花里住，他说明朝去。处处有花期，思家不得归。

菩萨蛮·过青龙访马慧生兄

薄衫短袖深山里，车窗开处侵寒气。春事岂无凭，山花照眼明。

兄真千里马，好酒凉凉夜。快意尽余杯，兀然思不归。

注：兄善跑马拉松

菩萨蛮

古琴空卧琴声杳，小窗台上青青草。不日是花期，几时儿女归？

蹒跚才学步，转眼离家去。朝夕不能闲，闲时最挂牵。

菩萨蛮·于河南正阳县夜市

葫芦吹弄相思曲，街前走过人如玉。风起酒旌扬，灯光覆月光。

无聊消永夜，夜太匆匆也。月色已微凉，只身拖影长。

菩萨蛮·于沈阳途中

无边芦苇长长路，清溪宛转知何处？平日少闲情，堵车半道中。

天蓝蓝万里，双鸟扶摇起。大野少尘烟，芦花开上天。

菩萨蛮·当年曾是小商贩

风儿吹进骨头里，幸福装进箩筐里。冰雪未消融，单车推进城。

归来将夜半，月色撕成片。片片似鹅毛，遮天盖地飘。

菩萨蛮

西山火势无人管，云天尽被彤光染。小径野菊黄，风轻携稻香。

村庄三五里，袅袅炊烟起。四野静悄悄，邮车驰树梢。

诉衷情·送女儿赴美

清秋暮雨候机楼，将去却思留。求学异邦遥处，从此垒乡愁。

多短信，少平邮，慎交游。欲哭还笑，姑娘脸上，父母心头。

临江仙·于昆明民族村

万里重来寻旧梦，阁楼隐约依然。曾因米酒识红颜。我归江北后，君在彩云边。

问遍新人皆不识，人同流水年年。重来依旧晚秋天。微风黄叶颤，薄雾隐西山。

浣溪沙·乘车有记

二八年华花样明，当窗小镜黛眉轻。双腮敷过粉盈盈。

指上梅花描又懒，手边短信发还停。假期孤旅少同行。

浣溪沙·四十四岁生日于广州

有信风回昼渐长，木棉花树远相望。经停老站换车忙。

如鲫人流争窄道，小康日子不寻常。天桥疏雨忽茫茫。

杨柳枝

街头垂柳与时新，间有桃花正可人。
俏丽女孩谁打扮，东风剪短石榴裙。

诗部

摆地摊

其一

初到街前总害羞，怕人问价盼人稠。
记得一笔成交后，早有泪花遮眼眸。

其二

我与微灯两寂寥，偶于闲处看楼高。
新衣挂满许多梦，都在那条绳上摇。

其三

白水一瓶共面包，晚餐既定省开销。
小心掰下丁丁角，唤起街前流浪猫。

其四

人群散去小闲暇，扑火飞虫上脸颊。

拂我依然双柳树，任凭风雨不还家。

其五

秋风摇落满余晖，无力黄蝶绕树飞。

街市人声忽见少，几番张望又思归。

无题

斜阳红坠渐迷离，万幻霞光一雁啼。

试上高楼张远目，我家更在晚霞西。

注：女儿在微信上说，看到了和老家一样的晚霞。

三十九岁生日自寿

去年此际雪全消，正合沿街看柳条。
二月又逢初八日，东风未渡洛阳桥。

注：2012 年养殖场爆发禽流感，鹌鹑死亡二十余万只，连春天都来得晚些。

汾酒印象

杏花村里故人家，又是清明细雨斜。
好酒还须高士饮，清香未肯让梅花。

晚归

无非生计总奔忙，夜半归来风正凉。
快把平安窗外报，人间最美一声娘。

过青龙

单车北向好逐春，积雪山阴尚有痕。
小径千折忽又转，杏花已放半山云。

送女儿求学

乳燕初飞天地间，盼儿长大别儿难。
他山未竟家山远，莫为三餐省小钱。

游记一组

苏味道墓

丈许寒丘小巷深，诗家到此暗逡巡。
江山何必留遗骨，火树银花早识君。

游正定

又是人间三月初，遍游古寺看花余。
今年好景尤须记，官署容停百姓车。

注：正定所有单位停车场向民众开放。

封龙山

名山多是赖龙封，此处成名大禹功。
翻却王朝民是主，江山从此不封龙。

与岳阳周兄易兄游嶂石岩有记

其一

雨后危崖红更红，遥看飞瀑出云中。
爱煞先生箫与笛，好从一管试春风。

其二

对坐门前酬远宾，白云团处许为邻。
只缘山水添灵秀，小店房东是美人。

其三

跳林山鼠惯人行，水漫天阶一线明。
回望群峰湿漉漉，滚雷声里雨初停。

避雨的小猫

浑身瑟瑟叫声凄，拐角楼梯暂可栖。

一饼分它忽忆我，异乡雨大小檐低。

湖南行记

其一

农家小筑近林边，早看荷塘晚看山。
昨夜风来春水足，鸭儿结队下陂田。

其二

轻车行到小桥西，才露新荷稻未齐。
向晚耕牛行坝上，水田如镜白云低。

其三

石门细雨湿灯光，四省奔来正晚凉。
山里人家真好客，酒杯斟满橘花香。

其四

汉川做客在田家，三面围栏油菜花。
众鸟飞回散高树，枝条新绿薄如纱。

冰河芦苇

芦苇丛丛冰上栽，喳喳小鸟自东来。
谁说三九少春色，一片生机水底埋。

过天龙山观“文革”中被毁石窟

莫怪凡人损肺肝，砍头削面岂无端。
合当凭借时人手，不向人间正眼看。

无题

若个人心真可哀，文明恨不竞相摧。

凉山余烬应犹在，却笑巴黎大火来。

读史

万里风烟几度焚，大旗高举为生民。
江山易主寻常事，每似笼鸡换主人。

卖油条

暑天油热两相烹，一角路边撑一棚。
案桌躬身难以近，怀胎九月子将生。

过汶河见河道栽满树木有感

怅望东南一线遥，商家种树过堤高。

二十年前崩岸处，至今犹记水滔滔。

村民选举

路仄禾枯浑不知，生民何必有微辞。
酒家日夜无闲处，又近村中夺鼎时。

无题

大河明似镜，两鬓早霜轻。

天上一轮月，人间万里程。

麻雀

玻璃妆阁楼，误入厅堂里。

徘徊难进飞，忽尔触窗死。

买烟丝

本是打工儿，歇业买烟丝。
卖家言小利，莫使官家知。

注：烟丝二十元一斤，一人可抽一月。

柴鸡歌

乡邻于田间复得年前所卖之柴鸡，颇矫健，欲杀之。家人怜其生存之不易，乃留。

一网罩下便离群，莫怨世上买鸡人。五彩披离飞乱羽，摩托突突腾黄尘。乡路颠簸车行急，门破铁笼得脱身。斜阳红坠入麦田，远却人家不得眠。遥处几闻犬吠声，只身瑟瑟伏垄间。天地苍茫何处好，渴饮霜露啄杂草。沟岸沙田约半亩，遗落花生未冻土。月半有余羽翼丰，遍翻田沙强筋骨。有时一飞扑棱棱，短树高枝碍无阻……杂花野草忆芳菲，机声收尽麦熟时。农人拢处忽被擒，复向谁家晨处啼……

鹌鹑歌

是月武汉大疫，百业凋敝，道路塞阻，波及数千里，有友养鹌鹑为业，饲料断供，无奈葬万只于沟渠，作长歌以记其事。

养鹌鹑，欲脱贫。九月起屋忘晨昏，十月十日迎回门。育雏同育亲生子，三十九度须高温。汗衫湿透蜇双睛，雏儿在笼各奔奔。殷勤看护月有五，雏儿生蛋踮脚数。雏儿生蛋逐日多，皴手污粪不言苦。商家喜购往来频，日赢三百多欢欣。大儿高校不日归，学费来年不问人。流光无计又逢年，两儿笑争贴春联。衣食更比往年足，老妻杯酒酡衰颜。大年初一走节际，忽宣封路避时疫。居家安好待家人，远归人等须在册。初一初五多寂寥，尚怀春思度良宵。初十望路三百回，料车不至蛋不销。檐头饥雀乱啾啾，鹌鹑饿死无人收。大儿高校不得返，小儿拍手看春晚。老妻蒙头不食声呜呜，哭说当年日子尚安稳。一把黄纸祭鬼神，掘地三尺埋鹌鹑。时在正月十五夜，月高风急如箭射。鹌鹑欲飞扑棱棱，大铲挥土纷纷下。

跋王建强《鹌鹑歌》

从最初应梅关雪女士邀，为建强兄《鹌鹑歌》作序，到今天约有一周了。从序言自调为跋文，然而仍是无法交稿。

开端几日似乎只是惯例的懈怠，每临到想及，便总是能寻出一些其他的琐事来做。

然而近三四夜，每每枯坐至天明。从楼下开始恢复生机的烧烤晚市中传来说笑声、唤酒声，以及青年们突如其来的情歌声。一直到人烟消歇，街声渐渐回归微冷而寂静。一个个春夜里，春灯下，草拟着无数的开头，却仍然在晨鸟叽啾时分惶然掷笔，不能成篇的时候，才知道，原来之前的所谓拖沓，也不过是另一种无力，或者逃避罢了。

或许果然如建强兄所说，这是一个“太痛”的任务，乃至不忍相托。

或许是自己从一开始便已领悟，即便一次次翻检心头的疼痛，也实在很难寻出适当的文字，来匹配这直指人心、撞出泪来的佳作。

建强兄的诗，一向不乏人间情味，也还是以清新温醇为主调。而这首作品，却远远超越了他自己。面对这样的文字冲击，与及透纸而来惜及微物的大悲悯，导读、解析、定义或评说，显得如此多余。

那么，就只单纯地谈谈感觉吧。

即便早已深谙“一切的悲剧本是将美好亲手毁灭给人看”的老生常谈，深谙人世间有多少新生与希望，就有多少扼杀与绝望。然而读到骤然斩截的末梢，竟有一种强烈的窒息感。恍如站在毒气室内，看着密封门拉合，那长方形的明亮光斑渐渐狭窄至一线，永失永灭的黑暗在每一个角落狰狞无言地伺伏，即将张牙舞爪扑面而来。

鹑耶人耶？人耶我耶？一时竟难以分明。

“欢迎你来此，凭吊你自己。”（张二棍诗句）

这绝不是一种愉快的体验，正如此诗，本并不为传递美好感受而来。

它只是“不得不为小人物们咳嗽一声”（建强兄如是说）。

诗与诗人于此，只是恪尽天职，完成了存在的本旨。而恰恰凭借这一点点细微的、出自胸臆的声音，平视、忠实地记录与呈现这岁末与年初的交界时段。读者抬起眼，似乎这才第一次真切地感知到，整颗蓝星，已如此满目疮痍，而众生仓皇，终于再也回不到过去。

时间若是河流，一切的文字无非书写于水面。然而其中，总有少数的涟漪，以涓滴之力，可以一直漾溢开去。在我看来，这首并不算工整的诗，已经具备了漾溢所必须的品质。

这样的涓滴与涟漪，大抵可以将丧乱、荼毒、哀鸿遍野、骨肉相失的疼痛，传递到目力所不及的幽暗彼端。

这样的涓滴与涟漪，终将渐渐凝结，把“时间”拼合成为“历史”。

他们与它们，虽不足以拯救，乃适足于救赎。

并以此回答，飓风之中，何以必须有诗。

程皎

2020年2月26日于滇南

杏子黄

风翻木叶杏子黄，我怜我儿思故乡。故乡万水千山隔，杏子应熟不得尝。乳燕新飞乳雀鸣，榴花满树雨初停。晚花艳艳照人眼，早花已谢结榴瓶。榴瓶如家安榴籽，我儿别家千万里。久闭房间网课多，大疫环球四处起。诸国纷纷罢空客，异乡月夜凉如水。有时视频多欢欣，有时视频泪不已。爷爷奶奶须伴顾，久病娘亲独凭你。我虑儿少衣食否？儿劝我莫多饮酒！我言无事莫乘车，儿劝居家少游走。小侄在侧闹且喧，笑说画个时空门。天涯海角触手回，到家不须花一元。碌碌生涯闲有几，种花种菜避蝼蚁。惟愿中秋是归期，小枣红透葡萄紫。

武安行

己亥暮秋，武安齐兄保良邀为红叶之聚。乃与书家姚师小尧，画家高兄夫昌，琴师史兄邓海，诗家王兄增强同游于前龙村后山。天高气爽，满目红鲜，江山悦性，岂能无酒。游罢饮宴，乘醉而返，长歌以记其盛。

闻道前龙霜叶美，驱车何惧三百里。来时细雨正零星，车到山前放新晴。十丈柿树傍人家，木叶尽脱灿如花。一夜冷露白秋草，仰面牵牛满篱笆。主人引路行渐深，何人登高发啸吟。四面回声声愈高，漫山红遍怒如潮。山雀乱飞云浓淡，一时山光忽明暗。林边歇处野菊香，丛生破岩泛金光。邀鼓琵琶悦众耳，潘安容貌麻姑指。朱弦一拨秋风起，行尽江南万千水。朱弦再拨使人愁，美人独倚明月楼。朱弦久拨成断续，月落烛残枉凝眸。曲终还如在遥夜，红叶别枝纷纷下。当年献艺在帝京，反手琵琶四座惊。可叹无钱通伯乐，帝京霾重实难行。若无琵琶充饭值，笑君何不为女色。为女有色亿万钱，倾城倾国有人怜。石径百折时过午，饮者能消诸环堵。主人摆酒小城东，主人美酒扳指数。我歌我醉我流连，凭君琵琶信手弹。大杯酒满做鲸吞，净扫鸡黍白玉盘。君我人间为宾客，相逢不易容易别。燕邯自古多奇才，相约明年还复来。还复来，还复来，霜花二月为谁开？莫于去后西风恶，幽谷长林空摇落。合当留于明年看，记取屐痕分毫拓。

一日千里会饮歌

初仁先生鬓半白，初仁先生京都客。京都名仕太纷纷，初仁先生自不群。我识先生于网上，先生好酒不相让。诗名从来耽酒名，一浓饮罢还一酱。唤来好友南广勋，夫子七十面如春。北曲善写世上人，南曲吞吐太娇嗔。袒胸露腹开怀笑，夫子心事同年少。老寂数语泪纷纷，原来诗家皆天真。我诗吟罢沧海歌，青衣浅唱动秋波。春秋亭外风雨暴，隔座佳人掌声多。两盒春饼无限情，先生赠我藉春风。皎皎玉兰又发花，可怜京都非我家。大醉归来阑珊夜，小城灯火正斜斜。

【初仁补注】

1. 题解：石家庄栾城区和北京两地距六百里，往返一千二百里。
2. 一浓一酱句：王建强携五粮液、郎酒各一来。
3. 袒胸露腹句：酒喝燥热，南广勋欲解衣般礴，初仁环顾而后曰，只值得半敞。
4. 老寂：北京王贵均笔名。
5. 沧海：石家庄王海亮网名。
6. 大醉归来两句：酒后王建强、王海亮北京西站高铁返回。
7. 酒边兴致：王建强诵自制《蝶恋花》词二首，王海亮 唱（程派）《春秋亭》片段，南广勋 唱昆曲《牡丹亭》片段，老寂诵自制《祝友》诗一首、又唱京剧《红鬃烈马》 薛平贵“一马离了西凉界”一段 。
8. 其间，有远桌张望者，有临桌手机录像者。
9. 会饮地点：美味斋上海菜馆。时在己亥二月初十日。

第二部分

宵深入梦迟

词部

清平乐

韶华渐老，酒力年年少。想着重逢都挺好，何况县城小小。

赠君手植幽兰，算来十二三年。梦里当时常见，而今连梦都难。

菩萨蛮

重来故地遥相望，每从别后添惆怅。黄叶叠成秋，空余一叶舟。

那年春水畔，记得初相见。好梦总无涯，依稀枕上花。

菩萨蛮

照花人去空明镜，无端又惹当初梦。半日雨霏霏，双双人不归。

淡妆匀粉面，几度灯前看。月上小窗迟，怜君一笑时。

菩萨蛮·梅瘦芳辰

杨花乱渡横塘水，桐花开到春风尾。别去又经年，人间三月天。

芳辰明日后，模样应依旧。莫为小词忙，写来人断肠。

菩萨蛮

君山采下银针小，洞庭明月清秋好。素手试新茶，香浮几瓣花。

并头读小字，如幻前生事。每有会心时，宵深入梦迟。

菩萨蛮

碾冰声碎车行缓，楼前正放梅千点。宿雪裹金黄，袭人一阵凉。

灯明飞乱羽，昨夜人归去。报说到江南，杏花开欲残。

菩萨蛮·初夏夜

阑珊夜色星沉水，歌声相接蛙声里。岸曲柳斜斜，微灯隔岸花。

相逢真不易，闲说当年事。小径自幽长，徘徊风渐凉。

菩萨蛮·梅瘦芳辰

春风十载两相误，春花岁岁应如故。新拭一窗红，今年偏不同。

安家邻小站，楼宇将成片。无事看遥岑，忽而感不禁。

菩萨蛮

飞来短信惊人醒，青丝零乱匆匆拢。窗外柳摇风，恍惚是梦中。

相约楼下见，羞了红红面。一见紧低头，频频抬眼眸。

柳梢青

欲说无言，停停走走，素手相牵。婆娑垂柳，城东小站，细雨如烟。

临行默祝平安，最怕问，来生有缘。汽笛声频，虚虚一抱，胜似千年。

减字木兰花

人生苦旅，抛却闲愁能几许。梦落幽单，雨打车窗总不闲。

伊人何在，短信飞传云雾外。扯断柔肠，不顾人前泪两行。

减字木兰花

几家灯火，几处烟花开万朵。一刻清闲，有月半弯星满天。

浮生六记，赠我幽人何处觅。梦也相随，读到深时只泪垂。

减字木兰花

车窗久驻，万里云山风雨雾。轮轨轰鸣，当共谁人伴此行。

冬衣新裹，才到闽南天似火。短信停传，除却牵心倒也闲。

清平乐

开封小住，半日连番雨。初放蝉声潜入户，细数那人眉目。

古吹台上流云，凌霄花事纷纷。寻取当年旧梦，青天明月三人。

蝶恋花

月到中宵生薄雾，也照团圆，也照离人去。旧日情怀留几许，阳春花事深秋雨。

酒到酣时杯未住，念到谁人，念到伤心处。记得海棠花满树，和君低唱放翁句。

蝶恋花

记得去年相遇处，花下香车，一晌同君语。拂面徐来风缕缕，车窗花落纷如雨。

又到去年相遇处，满树花开，试问君来否？君说来年当小住，先凭彩信传花树。

蝶恋花

怕过门前今又过，丁字街头，向右还须左。小巷朱门常落锁，不经意里停一刻。

春花才放秋花落，十六年来，每自常萦索。犹记当时都有诺，纵然相见难说破。

浣溪沙

逐梦生涯暂可停，灯边柳色尚青青。酒余睡去一身轻。

不意秋风磨水镜，故看霜月下空庭。无端小坐又天明。

浣溪沙·高中毕业二十二年聚

额上折纹各自添，相逢难觅旧容颜。眼波深处是从前。

梦里钟声犹在耳，膝边儿女已成年。漫倾杯酒说悲欢。

浣溪沙·获赠小山词有寄

欲寄香笺恨已迟，知非不合说相思。近来何故损腰肢。

入户杨花吹复起，美人簪子小山词。恼人天气暮春时。

浣溪沙·题照

天气新凉秋未深，偶然得见小杨君。而今常在网中寻。

素手轻摇香草梦，红颜一笑美人心。碎花裙子瘦腰身。

诗部

别梅瘦于杭州机场

才记池边抛小钱，欲别此刻最堪怜。

君若迟来须放眼，我身已在彩云间。

送别友人于正定机场

前日驱车百里迎，别君今日见霾生。

笑说多霾行不得，霾多又恐误君行。

无题

二十年来别梦寒，每于梦里问平安。
梦里生涯也须记，一生可作两生看。

记梦

试问兰花开几何，坐消红烛醉颜酡。
梦中允得寻常见，叵耐相思比梦多。

偶遇

灿若星河夜未阑，伊人街市步珊珊。

相逢不说无消息，执手双双只笑看。

无题

斜阳乱红树，新月静如眉。
一自长为别，重逢无定时。

所恨春风多，所怨相逢少。
流光原不逝，忽忽人将老。

第三部分

无边白月光

词部

清平乐

晨光渐早，庭院多飞鸟。妻子厨房呼饭好，时有暗香萦绕。

小桌摆在屋前，说说日子酸甜。三两闲花飘落，悄悄落上杯盘。

清平乐

生活温饱，儿女双双好。昨日匆匆归校早，妻子平添烦恼。

东风穿过篱笆，闲暇默默陪她。最是着人迷处，小屋月色梨花。

菩萨蛮

小庭风滑真如水，和妻说到谁先死。乳雀试高檐，榴花开欲燃。

暮年相互助，只愿君先去。此语莫相猜，侍君于我怀。

菩萨蛮

故园黄叶堆如许，斑鸠拍翩惊飞去。干老数枝霜，火红秋海棠。

今冬城里过，人去蓬门锁。除夕再还家，蜡梅应放花。

菩萨蛮

弄刀渐熟切丝细，青盘黄酒传佳味。老宅备晨炊，燕归梁上飞。

庭花重打理，妻说更谁美。一世作花奴，问妻怜得无。

菩萨蛮·元旦夜

归来夜半田间绕，北风寂寂绝虫闹。田埂冷于冰，烟花几点红。

徘徊还复立，往事成追忆。犬吠小村庄，无边白月光。

浣溪沙

避疫时光亦可怜，将雏挈妇侍椿萱。熏风初拂减春寒。

诗道从今归简静，生涯最好是平安。且凭杯酒过中年。

诗部

村居二十一首

其一

新移朴石做琴台，奇异荷花四面栽。
何日邀来抱琴客？红黄白紫一时开。

其二

芒种清晨仍小凉，榴花风里种花忙。
隔墙知是炊烟起，已惯邻家柴火香。

其三

磨薄锄头秧渐高，晨昏汲水一遭遭。
闲居最爱花生味，米酒随心舀半瓢。

其四

玉兰花树户前栽，叶落身枯恐不开。
三载抱香心未死，一朝破出小芽来。

其五

五月枝头杏子红，酸甜味里一庭风。
飞鸣鸟雀争来食，闲却西墙老弹弓。

其六

鸟声堆里看晨晖，才醒山妻着睡衣。
生怕精灵全啄去，网枝黄杏待儿归。

其七

檐花断续小窗明，雨霁全消暑气蒸。
两国蚁兵鏖战急，燕雏飞上晒衣绳。

其八

晨露沾衣日日来，渐衰筋力不须催。
两三天后麦应熟，恰是小儿高考回。

其九

荒芜理尽矮墙前，穴播葵花一角田。
梦里秋光金灿灿，油盐柴米足丰年。

其十

午时石凳热难依，初放荷花杏子肥。
一片浓浓树阴里，久看老雀带雏飞。

其十一

暑天播种忒伤神，破土黄瓜两叶新。
汲水操瓢流细细，但求雨露好沾匀。

其十二

花草来春再种些，雨余翠竹过篱笆。
新栽梅子两三树，一树明年应放花。

其十三

篱上风回动绿萝，一园瓜菜任消磨。
欢欣恰似新红柿，烦处也同杂草多。

其十四

信风催放万千枝，花放万千偏不支。
总有些些应减去，护花难在剪花时。

其十五

山妻米酒且聊聊，大肚葫芦剖作瓢。
春太匆匆秋已近，蓼花不意丈余高。

其十六

细雨轻秋满院花，可人青韭近篱笆。
如刀岁月人如韭，割去一茬生一茬。

其十七

庭前枣树压枝弯，荷叶青青略已残。
小巷半深足秋雨，杂花开到近街边。

其十八

劳作归来略觉饥，如球茄子紫红衣。
蝉声唱满高低树，天气小凉秋正肥。

其十九

自家庭院也须夸，应谢春时学种瓜。
碧玉条条摘不尽，梢头又绽小黄花。

其二十

樊笼久困似心灰，一唤阿黄睡眼开。
才启铁门真似箭，嗖嗖奔去又奔回。

其二十一

人间万事虑周全，衣食难凭半亩田。
最喜爹娘居后院，归来第一报平安。

桃花潭

岸柳荫成桃正妍，东风轻皱水中天。
谁人打桨迎归客，飞絮飞花满一船。

无题

小园幽碧树横斜，坐倚亭栏日夕佳。

已是春红消歇处，兀然风起旋杨花。

晨兴

佳禾将熟望无边，花雀群飞去复还。
秋月半轮悬曙色，白云缺处小青天。

石榴花

春花落尽我方开，小小红裙自剪裁。
莫怨才情流露晚，珠玑满腹待秋来。

题陈桂林画鱼

此处赊鱼不计钱，三坛老酒只随缘。
七八九尾凭捉去，挂到厅堂看百年。

侍母

2017 年秋于省四院放疗科侍母月余，作绝句七首选四。

其一

为人为子喜能陪，输液打针谈笑来。
大病初闻肝肺裂，于无人处哭多回。

其二

非到病床岂肯闲，生何容易死何难。
不违天命从心力，七十生涯早释然。

其三

如今陪侍悔应迟，余寿奢求五载期。
一室六床同一病，无分老幼不胜悲。

其四

每按电铃来未迟，拔针换液转身时。
侍病床前几留意，也曾偷看美人眉。

陪床琐记

妻子手术已半月，大夫允明日出院，心略平静，作诗以记。

——2019 年 1 月 15 日

其一

劫难频仍数此愁，霾深百丈压层楼。
夫妻夜半相拥哭，说好今生共白头。

其二

再到老家看一遭，铺些柴草护冬苗。
劫波或可平安渡，好待来春仔细瞧。

其三

生如梦幻病如贼，诊室明光人似囚。
褪却裙钗久已惯，也无男女也无羞。

其四

已排手术略心宽，生死攸关签字难。

七时熬过平安后，妻子良医皆可怜。

其五

微波炉里做羹汤，术后三天许绕床。

一匙盛来君莫急，先从我口试温凉。

其六

半月冬衣未曾浣，不须人替几无眠。

殷勤服侍休言谢，辜负君恩二十年。

其七

迎回儿女倍相亲，能敌病床烧万金。

节近大寒将出院，人间不日是阳春。

侍妻学作七律十首

其一

花放春风云自流，又因问诊上高楼。
名医久熟多能见，良药新加暂不愁。
偶在长廊逢患友，或于闲处说原由。
我难亦有更难者，余俸常捐滴水筹。

其二

闲忆青春作酒徒，三餐一日两相呼。
常因烂醉夸才气，每自轻狂误典书。
久病娘妻须伴顾，高飞儿女赖将扶。
生涯初识中年味，减却应酬多下厨。

其三

家政重修锅灶前，偶觑尘镜鬓新斑。
护持内子同初恋，冷落庭花异旧年。
她每无聊偷网菜，我多着意发零钱。
秒分儿女争干净，欢喜互从微信看。

其四

为遣春愁到小园，游人散却独凭栏。
迟家燕子三抄水，落日池头一钓竿。
风里轻寒传笛裂，枝头胎杏逼花残。
近来消息多婚宴，忽忽生涯四十年。

其五

得看故宅发春姿，初愈山妻一展眉。
花雀衔枝飞缓缓，白云过树去迟迟。
越洋小女传佳讯，备饭老娘忽泪垂。
鸿鹄高翔无远近，相亲相爱更相期。

其六

为赏春姿缓缓归，山妻尚未浣冬衣。
长堤绕树绿成壁，小径穿花红一围。
滩石多随流水去，纸鸢独爱逆风飞。
嫩寒天气行将晚，镜里车窗看夕晖。

其七

破城春色接田畴，好借风熏此出游。
久伴老车驾轻熟，任行何处岂深谋。
花开恣意绵延过，水出无心断续流。
未觉已来大山里，问妻能饮一杯不？

其八

有时无事更无聊，又向闲庭转一遭。
去岁红榴多匝匝，今年花事竟寥寥。
团烧枯叶成灰烬，修剪繁枝露雀巢。
惟愿雏儿莫惊着，快生翠羽任飞高。

其九

追飞喜鹊两三声，大樗新窝搭已成。
樱树五年初结子，庭花四季自深情。
生涯久惯经风雨，家事无非赖弟兄。
老宅合当收拾净，乡邻亲友恰相迎。

其十

如同隔日又逢年，成败而今能笑谈。
捉笔小儿写春字，求知爱女报平安。
飞来短信千千万，删去无聊万万千。
几上兰花题未得，家家爆竹已连天。

娘

娘亲七十三，枯手缝鞋袜。
忽罢手中针，怜儿生白发。

无题

儿女忽成人，一岁一来去。
闲看茉莉花，开在儿居处。

闲日

雨馀鸟声脆，花放小庭秋。
妻子原无事，当窗剥石榴。

老宅

雀散井边树，燕归梁上家。
新芽旧柿蒂，如见去年花。

锄禾

汗重湿衣处，草尽苗成行。

短锄逢瓦砾，偶尔生电光。

夏至日牵牛花开有记

采得路边籽，春时种在家。
削竹以为架，常开五色花。

晨兴

袭人花草气，随步鸟虫鸣。
白云拂绿树，一塔入天青。

无题

绕屋支棚架，瓜同去年稀。
草头时带露，曙色上人衣。

栾城道中

霜气增寒重，白云树隙浮。

萧萧坠黄叶，忍踏一街秋。

避疫

一城人悄悄，歌哭此生涯。
凭谁来对酒，墙角老梅花。

如犯酒瘾

给先生发微信：想念先生如犯酒瘾。先生回说，就今天过来，两个瘾都让你解了。我放下饭碗开车就过去了。

认识先生有十二三年的时间了。他是我老师的老师，按辈分他是爷爷我是孙子，但我认为叫先生好，所以一直叫先生。虽是先生，却没架子，但是又很严厉。用他自己的话说，既非主子也非奴。

先生学问通透却不失天真本色，不媚世俗，因此得罪了不少所谓著名诗人。不过在诗词圈子里，少有不从心底里佩服先生诗品人品的。一次偶然机会，我和中华诗词学会一位副会长吃饭，顺便送上一本我的诗集。他不经意地翻了翻，突然脱口：哇！曹长河给你写的序。先生给好多诗人写过序，从来不收钱。不过先生看不上的，任凭你是谁，照样不写。先生有道：论诗于我如论嫁，不是心降不许人。

先生爱讲笑话，也爱讲老辈儿先生们的趣事。先生老泰山寇梦碧先生和张伯驹先生交好，先生也常去张伯老家做客。有一次张伯老指着一棵牡丹说：长河，你说为嘛今年的牡丹开得这么红？我长了痔疮，屙了一大摊血，全埋那了。

先生讲如何写长调和小令时说，长调是你完了，它没完；小令是它完了，你没完。经由他的天津话说出，能让人笑破肚皮。就在这么多年的笑声中我学会了如何作小令，而长调之法也大体领会于心只是暂付阙如。

先生常说，古人是一万，我们是一万零一就不错。先生讲诗词，从来不讲自己的作品，从来不讲应该这样写那样写，请益获益每在经意不经意之间。

先生爱喝酒，每次去看望先生，先生都拿最好的酒让我喝。第一次去看望先生，先生怕我们一行找不到家，大夏天在路边硬是等了一个多小时，这一幕至今难忘。后来先生得了症状不轻的皮肤病，大夫让戒酒，可是先生总是戒不了。有一次又想大喝，我有些激动，声音就有点大，对先生说，大家都这么关心你，你就是不让大家省心。先生晚上给我发短信说，对不起，让你着急了，再不喝了再不喝了。还有一次喝酒，我挨着先生坐。我喝白酒，先生倒了一点点黄酒。先生说我给你倒点黄酒尝尝。我说我用先生的杯子尝尝就行。先生故作正色道，我嫌你脏。我说，我不嫌你脏。众人皆捧腹，先生也大笑。

先生爱芦花，曾有过“折它一束养胸襟”的句子。去年秋天新搬的养老公寓紧挨着一大片芦苇，正合了先生的心意。先生也爱梅花，今年正月说拼了老命也要去江南看看真正的梅花，北地的蜡梅不作数。好歹被弟子们劝住，我和先生开玩笑说，你不怕死，我们还怕你死呢。

看照片，先生没生病之时不胖不瘦，干净利落，年轻的时候是帅哥一枚。这十几年的病把先生折磨得又瘦又黑，几近形销骨立，但神色不稍有让。我把先生的近照发给云南程皎女士看，顷刻回微信说铁色同梅骨，正是先生的写照。先生一介书生，胆量却是非凡。当年吴玉如先生藏书颇丰，是“破四旧”的重点对象，捎信给先生说有一部分书想让他拿走存着。先生二话没说，往返一个雪夜，硬把一大麻袋书给背了回来。

先生不爱钱财，请客吃饭总是抢着掏钱自不必说，当年张伯驹先生曾经送给先生一幅张大千的扇面，先生见朋友展看爱不释手，就说：喜欢，拿走。

我离先生家六百多里地，每次开车出差，只要是从天津附近经过，忍不住都要打转方向盘去看望先生。这番趋前不已的心情还记述在一首临江仙里：

八面通衢行不得，折途只向曹园。倾杯一笑早忘年。语携山水趣，话到白云边。

除却诗情犹可爱，童心不锁苍颜。时针悄悄画成圆。分茶听细雨，点滴在心田。

好了好了，不写了，酒瘾又犯了。

外婆

又读老杜写贫妇人扑枣诗，忽然想起了外婆，外婆家也有好几棵枣树。外婆家贫，曾生育两儿一女，只活了母亲一个，外婆又因眼病不治成了盲人。后来外婆妹妹去世，收养了她家的傻儿子，我叫他舅舅。除了枣树的收成，外公勤快，房前屋后多种瓜菜，饥荒年代，缺少吃食，常有人来偷，母亲就常坐在平房顶上看护。母亲上房的时候，外婆总要嘱咐母亲瞅见有人来的时候不要吼，别吓着人家。人家如果偷了三个，让人家拿去两个，给我们自己留一个就成；要是摘的瓜果还不成熟，告诉人家等长大了再来摘。

闹“破四旧”时候，有一大户人家藏书颇丰，怕被查抄，因外婆家成分好，挑了一些好的求外婆家保管。外婆和外公还有母亲趁没人来家走动时候把书砌到土坯墙里，砌好后外婆叫母亲再去书主人家跑一趟，就说怕担责任，把书烧了。后来那人不知犯了哪一条被关监狱十年，出狱后外婆一本不少把书还给了他。那个人抱着书放声痛哭，说，你不是把书烧了么，一直记恨着你呢。外婆说，如果当时不告诉你烧了，你家成分高，一旦被批斗，你招了，书也保不住，我们家还受连累。

外婆姊妹三个，在家是老大，十五岁没了父亲，后来母亲也疯了。她拉扯大弟弟和妹妹才出门子，嫁给我外公时三十岁了。听母亲说我出生那年外公去世的，我不知道外公长的什么样子，也没有留下照片。至于外婆，从我记事起到她去世，一直是那个样子，背驼着，拄着一个木棍子，走路很慢很慢。外婆虽然看不见，却能穿针引线，会裁剪衣服，会站灶台做饭。我在外婆家长大，和外婆关系最好。那时候常年吃的是粗粮，逢年过节有亲戚来看望外婆会带来几个白面馒头，外婆不许一家人吃，都给我留着。吃外婆做的饭，听外婆说谜语讲故事，外婆还会摸着我的头说又长高了。

外婆收养的儿子，也就是我的舅舅，不仅憨傻，而且好吃懒做，是个典型的废子。有一次他问外婆要钱说是去买化肥，结果集上全吃了喝了，也没给外婆带回一口。傻舅舅整天东跑西颠不着家，每到吃饭的时候，外婆就顺着一架快散了身的梯子爬到房顶，扯着嗓子大声喊，生林——生林，回来吃饭。那声调不光我记得，至今还有乡亲们说起。

舅舅是外婆一生的心事，常对我母亲说，哪一天我死了，给他一口吃的，饿不死就行。又说，不要让他和孩子们在一张桌子上吃饭，免得孩子们嫌他脏。

外婆活了七十六岁，是在我上高中第二年春天去世的。生病期间外婆拒绝输液治疗，能动的时候从不在床上解手。觉得自己快不行的时候，外婆嘱咐母亲早点买上什么什么颜色的寿衣。寿衣买回来后外婆用手摸着说挺好挺好。还嘱咐母亲说在我死后不要哭，哭得厉害会头晕，头一晕什么事都干不了了。

自从外婆去世，二十八年过去了。舅舅也老了，跑不动了，吃饭不用满村子找了，跟着我们好吃好喝挺自在。

外婆在天堂看到这一切一定很开心。

酸甜味里一庭风

——王建强诗词品读

余喜弄诗，因喜诗友，尤喜能诗而好饮者，若人自故乡来，乃乐之至也。数年前，羊城诗会，遇河北乡党王君建强兄，自称养鹌鹑专业户，会间杯饮诗唱，一见如故，曾以鹌鹑家酒相期于桑梓。去岁冬初，余至庄城，王君等诗友闻讯，夜深携酒往聚。一别经年，日前忽得诗鸿飞至，乃君大作百首也。

诗苑自古有田园一脉，大家名流，作者多矣，最著者当推晋人陶潜与唐人孟浩然。然作者多为退隐朝官或不仕文人，未见有田家自为者，或以力田者少识字故也。今文化普及，亦鲜见诗人自田亩出，为何？田园山水，乃诗灵之渊薮，然非慧心至情之人不能得也。

释家以慧心觉悟成佛，诗人则以慧心见诗意于尘俗间。山野村陌，田边地头，寻常农家，凡人细事，似与俗务近而与诗心远。故芸众无数，劬劳终生而竟不觉诗意在焉。建强君生于农家，长于田间，为生计故常奔走四方，行经处亦多乡镇小邑，步履匆匆，而非观光客也；然观其作品，清景趣闻，妙思绮情，若咳珠唾玉散落于诗行间，颇有闻“清泉石上流”之感。且看《冰河芦苇》诗：

芦苇丛丛冰上栽，喳喳小鸟自东来。
谁说三九少春色，一片生机水底埋。

朔方冬野，光景枯淡，而诗人于一片寒冰上，发现苇耸鸟鸣，遂令“生机”盎然，寒意顿消。又如《湖南行纪·其一》：

农家小筑近林边，早看荷塘晚看山。

昨夜风来春水足，鸭儿结队下陂田。

农舍、山林、鸭群、稻田，皆南国水乡之常景熟物，然诗者以北人眼观之，则显清新如许。

王君诗词多作于舟车劳顿中，其遐思远韵总不离揾食苦作间。其中数首忆早年为摊贩事，读之而心有戚戚焉。词如《菩萨蛮·当年曾是小商贩》：

风儿吹进骨头里，幸福装进箩筐里。冰雪未消融，单车推进城。

归来将夜半，月色撕成片。片片似鹅毛，遮天盖地飘。

诗有《摆地摊》五首，述写当时窘况，更为真切，犹临其境，如：

其二

我与微灯两寂寥，偶于闲处看楼高。

新衣挂满许多梦，都在那条绳上摇。

几多酸辛，几多慨叹，皆蕴于平淡陈述中，并不见怨怼气，亦无牢骚语；憧憬伴勤苦而生，尊严越卑微而在。若非亲历底层之打拼，若无参悟人生之慧心，何以得入此等诗境！慧心者，心体通明而非功非利之谓也。人世尘寰，熙熙攘攘，诗人亦不能脱其身。然诗人者，悲悯人生，向善求美，故可自拔于泥淖，超然于俗事，而得诗意于市井道涂间矣。犹如建强君，路遇“避雨小猫”，竟引其一片诗心倾洒：

浑身瑟瑟叫声凄，拐角楼梯暂可栖。
一饼分它忽忆我，异乡雨大小檐低。

小诗所咏，猫耶？我耶？人耶？似皆是亦皆非也。王静安极赏后主词，称其“不失其赤子之心”，并归因其“生于深宫”“阅世浅”；而建强君起于田亩街摊，饱尝人间炎凉，诗犹能通明若此，得无亦“赤子之心”使然耶？因此慈悲心，诗人偶瞥天下事，亦多有警世句，《读史》而悲“笼鸡换主”之轮回，《无题》而哀“文明相摧”

之虚妄，家国之忧，岂为诗人特设欤？其集曰：“逐梦成孤旅”，“梦”者，诗心之境也，诗人之志也，自由之向往与幸福之追求也。

仁心必有情，慧者定情深，建强君亦至情人也。亲情、友情、爱情、家国情，一寄于百首短章。其诗作尤令人动容者，乃所写与家人散聚相依事。若家常絮语，娓娓道来，犹如春风化雨，润人丹田，如《娘》：

娘亲七十三，枯手缝鞋袜。
忽罢手中针，怜儿生白发。

其景其情，令人思及孟郊《游子吟》，“怜儿生白发”比于“意恐迟迟归”，可谓异曲同工，道尽天下“母爱”与“爱母”之深情。

《陪床琐记》七绝句及《侍妻》十律诗，写夫妻情笃，感人至深。初闻妻病，其诗云“夫妻夜半相拥哭，说好今生共白头”；病愈将出院，诗人写道：“节近大寒将出院，人间不日是阳春。”

素朴之语，悲喜之情，真胜却万千表白。

《诉衷情 · 送女儿赴美》一词写：

清秋暮雨候机楼，将去却思留。求学异邦遥处，从此垒乡愁。

多短信，少平邮，慎交游。欲哭还笑，姑娘脸上，父母心头。

嘱托喁喁，父爱切切，读之始信“可怜天下父母心”，非虚言也。

借网联时尚，朝野鼓吹，当下诗人蜂起，诗潮澎湃。近年，余亦多与诗事，时阅时人所作，然喜中有所虑者，或浅露率意，或泥古为尚。视王君诗词，犹沐林中清风徐徐，平白而不失深意，自然而自有机杼。诗人称其诗：“我手写我心，不参赛、不唱和、不应制、少用典，用韵有新旧。”百首作品，皆自写身历心声，语条畅、情深切、意平易，虽有用典而不觉。宋人张耒《贺方回乐府序》云：“文章之于人，有满心而发，肆口而成，不待思虑而工，不待雕琢而丽者，皆天理之自然，性情之至道也。”移此语论王君诗词，或不为过誉。试看其词《清平乐》：

晨光渐早，庭院多飞鸟。妻子厨房呼饭好，时有暗香萦绕。

小桌摆在屋前，说说日子酸甜。三两闲花飘落，悄悄落上杯盘。

除“暗香”语隐涵陶诗之意外，小词皆以俗白话道眼前景，看似平淡无奇，细读则感有难言之妙。农家院，晨时炊，家常话，尽显家居之温馨与主人之闲适，一句“说说日子酸甜”，又予人无限遐想，生出些许言外之意。小词语浅，意亦易晓，然隐然而成意境，故读之若品春茗，余味沁心。故知诗平白不为病，无意境乃其病也。

王君《村居》诗其五云：“五月枝头杏子红，酸甜味里一庭风”，五月杏红，酸甜滋味，思之而齿颊生津。作者百首诗词，若比之一物，其一树杏子差可拟乎。诸水果中，杏无丰腴体态，亦少甘脆口感，然酸甜味独成一系。建强君之作，素朴平白，自然隽永，独树一帜，犹若杏子，极富个性，复具平民色，亦诗坛嘉果滋味独特者也。毋庸讳言，诗人之作亦非白璧无瑕，如有诗句难免少锤炼；用字亦有不辨入声者，即使用新韵，窃以为入声不可不辨之。虽然，瑕不掩瑜，其作于今诗坛可谓难得之佳什，故余愿撰小文力荐于诸诗友。

己亥年初冬赵维江于一叶庐

活色生香

——王建强诗词百首读后

我和王建强不熟，有时看到他的诗词，总有如见故人之感。这次有幸读到他的自选诗词百首，爱不释手，一一细读，甚至反复品味，觉得他在生活与诗之间，活得既真实又美丽，既轻灵又优雅。我愿把这种感觉与诗友分享，并非刻意赞美一人一诗，而是赞扬诗之正道。

建强是位隐逸诗家，他诗才天纵，诗思灵秀，却不轻易写诗，“始终坚持我手写我心，不参赛，不唱和，不应制，少用典。”写了也不轻易发表。在自媒体极其方便的时代，太多人喜欢随手发表，不管有没有人看。相比之下，建强太低调，有点儿“另类”。

他喜欢读书，有思想，更有风骨，类似《韩非子》里的“道艺处士”。我曾研究过古代的隐士居士，关注他们为何不愿入仕，因为他们更愿意选择相对自由的生活方式，从文化维度实现人生价值，丰富生命的自主内涵，创造更富有审美意趣的文化艺术。中华传统文化称之为“高尚其事”。

建强将“高尚”渗透在诗词里，表现为特别喜欢写山水田园诗，追求清新、自然、优雅的生命意趣。绝非许多“诗词名家”到处旅游随手堆砌的行程记录和景点说明书，那是文字垃圾。建强诗词中的山水田园纯净而有灵性，那是生命的家园，蕴藏着真诚深切而且微妙细腻的审美关怀，那里最富有生命中本真又高雅的东西。建强的诗词不虚伪不做作不吊书袋不故弄玄虚，是红尘俗世之外的一脉清流，是远离诗词江湖的一方净土。

写诗词首要是说正常的人话，写人类真实无

伪的生活和心情，尽量忖度得精准深切、表达得优雅流畅。从建强诗词中，我清晰地看到了这种倾向。

他的诗第一是贴近日常生活之真实。比如《诉衷情·送女儿赴美》：

清秋暮雨候机楼，将去却思留。求学异邦遥处，从此垒乡愁。

多短信，少平邮，慎交游。欲哭还笑，姑娘脸上，父母心头。

一家之真实，也是全人类都可能有的真实生活，既不“高大上”，也不琐碎卑微，正常又真实，温馨又优雅。一样的心情在诗里是这样的：

乳燕初飞天地间，盼儿长大别儿难。他山未竟家山远，莫为三餐省小钱。

——送女儿求学

亲情最是人之常情，也是诗之常情。建强极

重亲情，比如《晚归》诗写母子情深：

无非生计总奔忙，夜半归来风正凉。快把平安窗外报，人间最美一声娘。

天天都可能发生，每天都可能重复的日常生活亲情，无论古今中外，人类之母子皆可如此。

他也好酒，喜欢与朋友“漫倾杯酒说悲欢”，然后“酒余睡去一身轻”，甚至有时不远千里去找初仁先生“会饮”：

我识先生于网上，先生好酒不相让。……大醉归来阑珊夜，小城灯火正斜斜。

——一日千里会饮歌

他也好色,旅途乘车悄悄欣赏别人家的姑娘:

二八年华花样明，当窗小镜黛眉轻。双腮敷过粉盈盈。

指上梅花描又懒，手边短信发还停。假期孤

旅少同行。

——浣溪沙·乘车有记

在医院陪护母亲看到年轻貌美的小护士，不免“偷看美人眉”。但到底是“好色而不淫”，自制力还不错。

他也爱猫，富有同情之心，像个“小资兮兮”的少男少女：

浑身瑟瑟叫声凄，拐角楼梯暂可栖。一饼分它忽忆我，异乡雨大小檐低。

——避雨的小猫

白水一瓶共面包，晚餐既定省开销。小心掰下丁丁角，唤起街前流浪猫。

——摆地摊其三

爱猫者爱的是生命，亦猫亦人。不过这里写的并非富贵闲人的“波斯”意趣，而是流浪人怜悯流浪猫，二者的悲辛是相通的。诗人是用卑微的生命凸显高贵的精神，这是一种“奇崛”的对比艺术，貌似平淡实则山高水深。

还有山川草木日月江河，在他看来都是有生命有灵性的，都是他之所爱。当然，他的最爱首先还是自己的妻子儿女：

家政重修锅灶前，偶觑尘镜鬓新斑。护持内子同初恋，冷落庭花异旧年。她每无聊偷网菜，我多着意发零钱。秒分儿女争干净，欢喜互从微信看。

——侍妻学做七律十首

2019年1月15日他写《陪床琐记》七首，序云“妻子手术已半月，大夫允明日出院，心略平静，作诗以记”：

其一

劫难频仍数此愁，霾深百丈压层楼。

夫妻夜半相拥哭，说好今生共白头。

其四

已排手术略心宽，生死攸关签字难。
七时熬过平安后，妻子良医皆可怜。

其五

微波炉里做羹汤，术后三天许绕床。
一匙盛来君莫急，先从我口试温凉。

其六

半月冬衣未曾浣，不须人替几无眠。
殷勤服侍休言谢，辜负君恩二十年。

健全的日常生活，健全的人之常情，在许多玩诗者笔下成了珍稀，而在建强诗词中如此活色生香，他一点儿也不忌讳与读者分享他的生活和心情。

这就是诗歌的沧桑正道啊！

诗词当如人生，就是要将生活和心情进行审美的、诗意的叙说。真实、自然、流畅、亲切、优雅、智慧，都是诗之必须。

建强写诗词从不刻意向古人书本里讨材料，他的诗词原料主要是日常生活，比如《桂殿秋》写旅途之孤寂：

春浅浅，夜深寒。天涯孤旅又无眠。杏花明月一杯酒，短信闲翻到去年。

又如《村居二十一首》写岁月与人生：

细雨轻秋满院花，可人青韭近篱笆。如刀岁月人如韭，割去一茬生一茬。

——其十五

如此翻短信、割韭菜之类日常生活，在他的诗思诗笔之下，优美又深沉！

若论格律技巧，建强早已是老练高手，但他的诗词通常不假雕琢，看似信手拈来，且多日常口语，流畅自然，仔细欣赏，就会发现他其实很

讲究起承转合转折对比等章法。比如《摆地摊》组诗五首:

其一

初到街前总害羞，怕人问价盼人稠。

记得一笔成交后，早有泪花遮眼眸。

其二

我与微灯两寂寥，偶于闲处看楼高。

新衣挂满许多梦，都在那条绳上摇。

其一写初商少年复杂的心理活动，转转折折次第展开，羞——怕——盼——泪，愈转愈深，微妙真切。其二写乡下人进城摆地摊，向往城里人的高楼生活，羡慕之情飘摇在晾衣绳上，灵动酸楚，深微摇曳。两首诗皆气韵流畅，但又收放自如，缓疾有度，转折顿宕，有极强的表现力和感染力。

建强说自己有时“用新韵”，最好于题下注明，方便诗友阅读，毕竟你换了系统，最好与人方便。有些字词过于口语化，比如“惟愿雏儿莫惊着”“问妻能饮一杯不”之类，应注意方言口语与公众阅读的沟通，也须注意遣词用字的节省和高效。

张海鸥

清新独爱问花词

——王建强小令赏评

一、虽小却好

词中小令，当以花间、北宋为尊。目今诗坛填词者众，但多以诗语入词，俗语入词，横冲直撞，夸大叫嚣，所得之作直露浅薄，离词家言情本质相去远甚。偶有求含蓄者，惜又落入前人窠臼，无一字不古人，无一句不古人，无一意不古人，云里雾里，搔首卖弄，早失词家天真赤诚本色。

栾城王建强兄，网名问花笑谁。善写小令，词尊二晏，格调清新质朴。又取法在韦庄、冯延巳之间，独辟蹊径，每于传统气息中倾力描摹现代生活的情趣与感受，读来令人耳目一新。

看他《清平乐》一首，便是写日常生活的典型：

晨光渐早，庭院多飞鸟。妻子厨房呼饭好，时有暗香萦绕。

小桌摆在屋前，说说日子酸甜。三两闲花飘落，悄悄落上杯盘。

开篇说晨光说庭院说飞鸟，一下子将田园风光展开。妻子做好饭，一家人围在桌前，是何等平常，继而一句“说说日子酸甜”，上升到对生活的感悟。结尾以景结，尽在不言之中。

值得一提的是，词中细节都是作者经过反复思考才落笔的，以“晨光渐早”四字为例，看似平常，实则暗含由春及夏的季节变化，白昼渐长、飞鸟渐多，又与后边的“闲花飘落”遥相呼应，下笔极细腻极温情却又不露声色，其蕴藉如此。

清人刘熙载评价五代词，用了这样一句话：“虽小却好，虽好却小。”今拈出前四字，“虽小却好”恰可作问花词评语。

二、聪明人下笨功夫

韩愈有诗云：“多情怀酒伴，余事作诗人。”作为一位企业家，建强兄鹌鹑养得好，被誉为“鹌鹑大王”；锅炉造得好，拥有多项专利。或许是忙于事业，所以建强兄总说自己不读书。有一次，我反驳他道，兄不读书，敢问韦庄的那组《菩萨蛮》读了几遍了。他答道，翻了不下二百遍。这样看来，他或许读得少，但绝对读得精。

我说起手边的《杜甫选集》，是作者倾注二十年的功夫选注完成的，他便说凡是真正有成就的人，都是聪明人下笨功夫。

而他词作中的细腻和创新，其实处处都是在说他自己便是聪明人，可他又能数年专情于小令，将自己的作品打磨得温润、自然，不留痕迹，何尝下的不是笨功夫。看他这首《菩萨蛮》便是写的那种细腻小心思。

飞来短信惊人醒，青丝零乱匆匆拢。窗外柳摇风，恍惚是梦中。

相约楼下见，羞了红红面。一见紧低头，频频抬眼眸。

词的后半以形态而描摹心理，极其细腻，真有李易安“和羞走，倚门回首，却把青梅嗅”之妙。

三、灯光覆月光

建强兄于书画亦很有眼光和见地，这与他词中善于描摹别人不易觉察的意境或许有关系，毕竟诗书画有相通之处。

有一次大家在朋友圈里给建强兄的一组词点赞，人们都摘出“芦花开上天”句好，我跟风说，此句是好。他回复我说，你换一句别的。我马上摘了一句“灯光覆月光”。

其实无论灯光还是月光，在传统的诗词中都不是陌生的意象，但两者组合，以一个动词“覆”连接，便有了不一样的效果。我们知道，城市的灯光很亮，所以我们在城市的夜空不易观察星空。而月光虽然不像星光那样微弱，但很多时候依然无法与城市的灯光相抗衡，月光是被灯光压制住的。可用压、夺等字眼，便多了敌对之意，而用“覆”字，让灯光覆盖上月光，二者不仅分了主次强弱，更有融合之意，在明亮中增添一笔复杂和厚重，这才是现代的生活场景。

下边举他的两首《菩萨蛮》，里面均有精彩的场景描绘：

西山火势无人管，云天尽被彤光染。小径野菊黄，风轻携稻香。

村庄三五里，袅袅炊烟起。四野静悄悄，邮车驰树梢。

起手有气魄，先声夺人，真可谓小词大雅，沉着浓致。大写意后，便用工笔，将乡间行驶的所见所感绘写得活灵活现。

菩萨蛮·元旦夜

归来夜半田间绕，北风寂寂绝虫闹。田埂冷于冰，烟花几点红。

徘徊还复立，往事成追忆。犬吠小村庄，无边白月光。

风寂虫静、田埂冷、烟花热，在一种苍茫清冷的特定环境中，在元旦夜的特定时间里，诗人出场，徘徊回忆。言情到深处，便转而写景，而这景是以犬吠的声音打断思绪，真巧妙。结尾“无边白月光”真空灵之境。

四、柳叶如花次第开

我曾赠建强兄一首绝句，其中两句是：

词家清景寻常有，柳叶如花次第开。

柳叶如花，其实是我观察到的一种景象。春天来了，不仅仅只有花朵含苞绽放，其实很多树叶也是“含苞绽放”的。所以我把这一观察写到诗里，是说建强兄的词作之所以有特点，是因为里面有过来人对生活敏感的觉悟。

菩萨蛮·当年曾是小商贩

风儿吹进骨头里，幸福装进箩筐里。冰雪未消融，单车推进城。

归来将夜半，月色撕成片。片片似鹅毛，遮天盖地飘。

这首《菩萨蛮》是以回忆的形式，用一种过来人的口吻说当初创业的艰辛。小词开篇便好，一句一转，辛苦中有为了美好生活打拼的劲头。继而纯是白描，冰雪、单车、夜色，不言情而情绪饱满，所谓不着一字，尽得风流。

菩萨蛮·夜宿天津跑马场

电光一瞬天开处，滚雷碾过千山去。异国正天明，小窗雨未停。

书成翻百味，辗转人难寐。短信不需长，怕儿思故乡。

而这首写给女儿的小令更有独特的感受在。作者身在异乡,因思儿神游至异国,空间跨越千里万里。“异国正天明”，异国。“小窗雨未停”，异乡。天明与小雨，因地不同而气象各异，十字张力十足。结尾“短信不需长，怕儿思故乡。”道人所未道，写尽天下父母牵挂之心。

五、结语

生活温饱，儿女双双好。昨日匆匆归校早，妻子平添烦恼。

东风穿过篱笆，闲暇默默陪她。最是着人迷处，小屋月色梨花。

这首《清平乐》前半不嫌琐碎，如话家常。后半化实为虚，将愁绪淡入如画般的景色中，意境真美。

"生活温饱，儿女双双好。"这是多么好的生活状态，这是建强兄生活的目标，也是他词作的底色，这种感觉不需修饰，如实地写出来，就好。

戊戌寒露后一日

挹风斋主人记于保定南城

下笔别裁成一家，我心自写我生涯。寒宵无梦灯零落，闲看沧桑笑问花。

建强兄历经坎坷成败，于今衣食无忧，然其平生痴绝处则诗词而已。其问花诗词以孤傲洒脱为性情，以世态本真为形貌，沧桑于笔下化为平常，缘情体物，一任情性所至，自有天然工巧，而其淳古处乃直抵唐人深处，吾以为此问花真意也。奉建强兄雅嘱，不揣浅陋，班门弄斧，识者一粲尔。

己亥菊月

顽石轩主人崔栋记于灯下

跋

建强世兄近作诗词结集，遗我先睹。一气读过这些清新活泼的生灵文字，如烦暑天牛饮冰扎，快如之何。

或问“何为词”？蕙风先生有妙言释之曰：“词乃君子为己之学。”初闻或不屑之，以为先贤自矜；待为词日久，渐得开悟。此乃因词体特质而然，不由人也。舍此则断无学词之门径。由此而观静安先生“境阔、言长”之论，实附骥之言耳。

余意蕙风此言要窍，端在“为己”二字。试

想词虽小道，若不具天资不下苦功，亦不能轻易获之。如此耗费心力，纵有小成，能以之“为己”者何？能以之沽名、牟利、渔色、登科乎？此无异刻舟求剑，走此径“为己”，无奈其笨伯乎哉！故知其“为己”本意原不在此也。若问其义安在？就在为自身灵魂寻觅安置之所；为内心秘隐之情求一深锁之箧。如此之需，舍词而他求，可乎？若人为君子，其秘隐淑情，虽匿箧中而难掩光华，亦自可有益教化，喻人淑世。此得非以“为己”之初衷而践“利他”之义行乎？建强在此小集之卷首，开宗明言“我手写我心”。余意此正是一言中的，为蕙风之说最切正注也。

建强既秉此初衷，即勤践于行。所为诗词，全是其内心灵性感发。读来可感其心之灼灼，情如在弦之箭，非发弗可也。故其作也精力弥满，明快清新。更不假故典陈言，无头巾气，无浮滑气。加之近时作者甚注重意象功夫修为，比兴之法，运用日趋精熟，作品也日渐蕴藉涵泳，抵于“境阔言长”之境矣。建强为词多小令，诗多绝句。其绝句，余以为亦多以词笔为之。其七绝若冠之“小秦王”词牌，亦多本色当行之品。这是与上述美学特质相契合的。

周止庵论词譬之美妇，谓在温“严妆”；在韦“淡妆”，后主则“乱头粗服，不掩国色”。以此视建强小令，当在严淡之间。余意应在意者，是不可近“乱头粗服”。此在李重光可，因其固为国色也；在我辈则不可，因我辈尚需倚妆而美也。建强其共勉之。

文裳 识

己亥深秋于姑苏淀山湖畔